鑑定士と
LA MIGLIORE OFFERTA
顔のない依頼人

ジュゼッペ・トルナトーレ 著
GIUSEPPE TORNATORE
柱本元彦 訳
MOTOHIKO HASHIRAMOTO

人文書院

序——二重対位法

映画の世界で仕事をするには、声に出して物語るのが上手なほうがいい。ある映画が撮られることになるのは、しばしば、その物語が面と向かって語られたからなのだ。人々がますます本を読まなくなったからというわけではなく、以前からずっとそうだった。映画のプロデューサーたちは、読むのをいとわず読む時間があるときですら、映画の内容を耳で聞くのが好きだった。

そういうわけで、映画誕生の死命を制するのは、たとえば、レストランの席で、バールで、あるいはオフィスや飛行機のなか、映画祭の片隅で、多かれ少なかれおもしろおかしく語られたお喋りだったりするのである。

聞き手を惹きつけることができれば、おそらく第一関門は通過したのであり、書きはじめてもいいだろう。つまりその企画は発進する可能性が高い。そして普通は数ページのその筋書が、口頭での印象を確認させたら、シナリオ作成の契約を獲得するチャンスが巡ってきたわけだ。ときには脚本を書く前に、三十ページか四十ページの文章が要求されることもある。それは筋書以上のものであり、シナリオ以下のものだ。いったい何の役に立つのだろう。きちんとしたシナリオの完成を待つあいだに、主要な登場人物を演じる俳優たちの関心を高め、最初の協賛金を募り、プロデューサーとの合意事項を決定し、配給会社に支払う前金を確保するためだ。普通、一本の映画はこんな風な過程を経て制作されるのである。

けれどわたしはそうではなく、たいてい、誰かに話して聞かせる前に以下のような過程をたどる。長いあいだ、時には何年ものあいだ考えつづけたアイデアがあるとして、物語が納得のいく形に落ちつき、しっかりとしたドラマとなってはじめて、言葉に出してみようと決心する。つまりそのとき、何か考えていることはないかね、とわたしに尋ねてくる最初のプロデューサーに話すわけだ。

『鑑定士と顔のない依頼人』の場合はもっと違っていた。これほど特殊なケースは滅多になかろうと思う。わたしの覚書きファイルにはすでに八十年代の半ばから、他のさまざまな思いつきに混ざって、極度に内向的な少女の肖像があった。彼女は心に大きな傷を負い、他人との接触を恐れて外の通りを歩くことさえできず、家のなかに閉じこもっているのだ。実在の人物がモデルだったが、ともかく、わたしには非常に魅力的な登場人物に思われ、真剣に取り組んだわけではないけれども、しばしば彼女のことを考えたものだった。人物像を練り上げ、どのような事件に巻き込まれるかを想像し、つまり物語を探し求めていた。彼女を中心にいくつもの筋立てを考えてみたが、どれもこれもしっくりとこない。とりわけプロットの結末が見いだせなかった。そういうわけで、この少女は、何年ものあいだ、自分の家のなかに閉じこもっていたばかりか、ずっとわたしの書斎の引き出しのなかに囚われていたのである。

ところがついにある日、何かひらめくものがあった。わたしが引きずっている山ほどの覚書きのなかに埋もれて、なかなか物語の見つからないもう一人の人物が目に入ったのである。わたしが日ごろ関心を寄せている美術と骨董の世界に暮らす男だった。彼についてもずいぶん前から考えていた。職業をオークショニアにしようと決めた時のこと、手袋にたいする病的な執着で彼の性格を描きはじめた時のことも、わたしはよく覚えている。だがこの人物の場合も、いろいろと思いついた物語のどれもうまくいかなかった。およそ始まりは問題なく、それなりに展開もしているが、結末はほとんどいつも期待はずれに終わるのであった。

　まさにこれといった理由があったのかどうか、今では思い出すことはできない。物語のないこの二人の人物の内にどこか引き合うものをわたしが直感したのか、あるいはただ単に、物語がないという運命を共有するだけの似ても似つかぬ二つのアイデアが、目の前にあったからというだけなのか、おそらくはどちらでもあったろうと思うが、要するに、自分の歩む道を探しているこの二人の主人公を、切り離せない特殊ケースとして、同一平面上においてみようという気になったのである。同じ時期に生まれたわけでもなく、性格的にも違いすぎる二人のあいだには、どんな関係もなかったが、わたしは、音楽でいうところの「二重対位法」的な作業を彼らに施すことにした。「二重対位法」とは、一つの旋律のなかにもう一つの旋律を書きこんで異なる二つのテーマを融合させ、この新しく生まれた形のなかに、それぞれの旋律線がもっていたハーモニーの表現力を際立たせるものだ。平たく言えば、魅力的だが宙ぶらりんの二つの物語をただ重ねてみたのである。重ね合わせてみると、広場恐怖症の女性とオークショニアの二人は、まるで奇跡のように、わたしが長年追い求めてきた物語を奏ではじめた。監督業をしていて一番嬉しかった瞬間のひとつだった。

たしかに戯れの試みだったのだが、気がついてみると、この二人の本来の姿はそのままに、思いがけない筋が生まれ、探しあぐねていた解決が見いだされていた。したがって『鑑定士と顔のない依頼人』は、工房的な発明、映画職人的な発見から生まれたのである。単純明快な筋だけれども言外の仄めかしに富み、謎はミステリーの伝統にしたがって最後の場面で明らかにされる。筋は物語の直線的な流れを厳密に追うもので、主人公は、教養のある孤独な初老の男、他人にたいして気難しく、鑑定士・オークショニアとして病的なほど正確さにこだわっている。彼はある若い女から古い屋敷に残された美術品の評価と整理を依頼され、そうこうするうちに、自分の灰色の日々を一変させるような情熱にとりつかれてしまう。物語全体の構成を支えている明確な方法論にしたがえば、愛の昇華として理解された芸術についての映画と定義できるが、芸術の成果として理解された愛についての映画であるとも言えるだろう。

物語の流れがはっきりと定まったあと、プロデューサーに話しはじめる前に、わたしは気のおもむくまま例の三十ページか四十ページに突進した。普通は、映画制作の第一段階の必要に応じて、書くように求められてからの作業にもかかわらず。書こうと思ったのはただ、あのときも今も説明しがたい衝動、物語をしっかり文章に定着させておかねばという思いに駆られたからであった。それは仮初めの書き物にすぎず、出版物にしようなどというわたしには興味も実益もない目論見があったのではない。この物語自体が求めていること、つまり原作の物語は伝統的な映画制作の出発点となるわけだが、その原作の文学的価値を、おそらくは評価したかったのだと思う。わたしは三十ページか四十ページを書き、それは実際のところ、登場人物の扱い方や劇的な構成の練り上げ、最終的な脚本の仕上げにとても役に立った。要するに、方法論的要請にしたがって生まれたこの物語が、文学として一冊の書物になるとは少しも考えていなかった。

そういうわけで、出版者のアントニオ・セッレーリオから、『鑑定士と顔のない依頼人』の脚本を見せてくれという話があったとき、『ニュー・シネマ・パラダイス』や『シチリア!シチリア!』のように、本にするつもりがあるのだろうとは思ったが、挙句の果てに、小説として書き直してみないかと言われ、わたしは面喰らってしまったのである。おかしなことだ、と思った。最初の一歩をいわば文学的構築物として踏み出したのが、今になって、より真剣なかたちで、出発点にもどるように頼まれたわけだ。あいにく映画制作直後の雑事に忙殺されていて、書き直すための時間はありそうになかった。幸いにも、と付け加えたほうがいいだろう。脚本を小説に移し替える才能が自分にあるかどうか、知らずに済んだからである。しかしアントニオはあきらめず、この映画のアイデアがどこから来たのかを知りたがる。わたしは彼にすべてを話したが、このとき、すでに書いていた文章にも触れてしまったのである。アントニオがその書き物も読ませてくれと言ったとき、驚きはしなかったけれど、まさかそれを本にしようという話になるとは思わなかった。出版のことを考えて書かれたものではないし、せいぜい、映画の制作が進むなかで通らなくてはならない中継点でしかないはずだった。しかしまさに制作手続き証明書のようなもの。そう考えてはじめて出版の申し出に応じることにした。

　このようなものとして本書を受け取っていただければと思う。正真正銘の短編小説ではなく、映画監督が立てる方策のひとつで、最初のインスピレーションのもとに制作をより単純にスムースにする文章として。スタイルとしては不純なものだ。いくらか小説であり、いくらか脚本であり、小説でも脚本でもない。とはいえ、映画が出来上がったいま、読み返してみると、映画の登場人物のあれこれの特徴が目に浮かぶようだ。充分に展開して映画の台詞となった対話が萌芽状態で見つかる。映画では描かれなかった部分がある一方で、さらに強化されたり根本的な変更を被りながらも残りつづけた要素もある。重要なインスピレーションはすでに存在し、そのまま台本そして映画のなかに移された。まったくの脇役というわけでもない人物が何人か映画には登場しないが、物語の流れを担うことになった他の人物の内に、消えた人物の痕跡を見ることができる。そしてまた、きわめて短いそれぞれの章は、映画の語り口に典型的な情景カットをすでに仄めかしているようだ。けれどもやはり完全なテクストではないのであって、ただ映画となることによってのみ正当に評価しうるものと信じていた。即興的な言葉をつめ込んだ袋、わたしの気持ちとしては単なる通過地点だったものが、僥倖をえて本になるという高貴な運命を与えられたのだ。わたしのような職業には規則などないのであって、不可能であり間違いであると見えていたものが、突如として、自分の目に、何よりも他人の目に、正当なものと見えはじめる。これ以上に悦ばしいことがあるだろうか。

二〇一二年一二月二日、ローマにて

ジュゼッペ・トルナトーレ

鑑定士と顔のない依頼人

登場人物

ヴァージル・オールドマン　西洋古美術鑑定士、オークショニア
クレア・イベットソン　屋敷を引き継いだ謎の女性
ロバート・ラルキン　修理工の青年、オールドマンの友人
ビリー・ホイッスラー　画家、オールドマンの秘密の協力者
フレッド　イベットソン家の門番

1

その朝はいつもと違っていた。何が違っていたのか、ヴァージル・オールドマンは、これといった答えを見いだせないまま、長いあいだ自問しつづけることになるだろう。

このような場合はいつも、身元のはっきりしない依頼主のことを考慮して、助手を仮調査に行かせることにしていた。だがクレア・イベットソンの声には、何かしら心に残るものがあった。両親を亡くしたばかりのこの若い女は、屋敷の古い家具や絵を売り払うつもりで、その価値を見積もってくれるよう頼んできたのだった。

おそらく六十三歳の誕生日にかかってきた最初の電話だったからかもしれない。そういった日々の暮らしの些細なしるしに、彼は鈍感ではなかったのである。あるいは女の声の内に響く極度の内気さが気になったのかもしれない。その声は彼をどこか不安な気持ちにさせた。それとも要するにただ単に、言葉では説明しがたいが、自分の原則に対立するものの暗闇に魅了されたということなのかもしれない。つまるところ、当代一流の西洋古美術鑑定士であり屈指のオークショニアであるヴァージル・オールドマンは、いつどこに行けばいいかとごく自然な調子で尋ね、かくして彼自身が出向く約束をしたのである。

2

春雨の降る約束の日の午後、いかにも荒涼とした十八世紀末の屋敷の門の前に、女は姿を見せなかった。オールドマン氏は腹を立てた。立派に勤め上げた三十六年間のキャリアで、これまで一度も待ちぼうけを食わされたことなどなかったのだ。もっとも本当のことを言えば、気難しさで名高い彼を相手にして、ほとんど誰にもそんな機会をもつことはできなかった、というだけなのだが。

オールドマン氏の仕事の誠実さには性格的な秘密主義がともなっていた。彼の女嫌いについて骨董の業界ではさまざまな噂が飛び交い、あの男はまだ童貞だと断言する者までいた。

嘘であれ誠であれ、ヴァージル・オールドマンの感情生活については、一切が謎に包まれていた。二十世紀初頭の無名画家の作とされていた『森の廃墟』、誰もが一顧だにしなかった凡庸な筆さばきの下に、あろうことかマザッチョの作品を見いだして名声を博したオールドマン。これは絵空事ではなく歴史的な承認を受けたわけだが、同様に確かなこととして、女連れのヴァージル・オールドマンを見かけた者は、これまで一人もいなかったのである。

手袋にたいする彼の不条理な執着はよく知られているが、裏地のあるものないもの、スポーティなもの、カシミアやイノシシやヤギやカモシカの皮の、百双を下らない手袋を所有して夏も冬も一年中はめていた。手袋を脱ぐときはただ、評価を求められた作品を前にしたときだけで、ドアのノブやインターフォンのボタンに素手で触れることはなかった。手袋をはめずに握手をするなど論外だった。彼も自覚していたが、礼儀のためではなく、自分でもどうにも抑えられないほど、他人の皮膚の湿り気には我慢ならないのだった。

この病的なこだわりは、実際のところ、彼という人間をくっきりと際立たせている物腰、そのカリスマ的な雰囲気を飾るアクセサリーでないとすれば、世界に対するあからさまな不信を表明していた。ともかくヴァージル・オールドマンは、孤独な男、自ら望んだ孤独のなかに生きていた。誰にも邪魔されず、良かれ悪しかれ落ち着いて静かに暮らせる方法は、ただこれしかないかのように、ひとつづつ石を積み上げるようにして築いてきた孤独である。それゆえ、翌朝、クレア・イベットソンが謝罪の電話をかけてきたとき、彼の応対は冷酷そのものであった。

女は打ちのめされていた。オールドマンの事務所に連絡しようとしても、前日の午後はずっと閉まっていたし、個人的に話そうにも彼の携帯番号は知らなかった。携帯電話など持つものかと思っていたヴァージルは、ここでもう会話を打ち切ってしまいたかった。あのプライバシー暗殺団の一味をポケットのなかに忍ばせるくらいなら、すでに腐敗の進行した死体の顔に素手で触るほうがましだった。彼が受話器を置かなかったのは、彼女が約束の場所に向かっていたまさにその途上で、交通事故に遭ったことを聞いたからであった。幸いたいした怪我はなかったが、最寄りの救急病院に運ばれてしまったのだ。ふとこの若い女に転がり込んだ遺産、その屋敷には何か宝物がありそうだという考えが、ヴァージルの脳裏にひらめいた。思わず溜息がもれる。その溜息がつまり未知の女性に次の機会を保証することになった。おそらくは助手に行ってもらうことになると告げると、すぐに相手も身構える。クレア・イベットソンは、考え直すようにと頼み、近々お会いできればどれほど嬉しいかと言い、そして、誰であれそれを聞く者になにか優しい胸騒ぎを起こすような声で、礼を述べたのであった。

3

その夜、ヴァージル・オールドマンは、シュタイレレックで一人の夕食をとった。晩餐はたいてい一人きりで、いつも同じレストランだった。長年のあいだに彼は、仕事で滞在することになる都市ごとに一軒、自分のためのレストランを選んでいた。ベルリンのレストラン44、ロンドンのザ・ランダウ、ローマのカジーナ・ヴァラディエル、パリのレザンバサドゥール。こういった店では、味にうるさい彼も納得できた以上に、然るべき金額を払ってある特権を享受することができた。厳密に彼専用の皿、グラス、ナイフ、フォーク、ナプキンがあり、それらは、オールドマン氏がまた戻ってくるまでの長いあいだ、他の客人に供されることはなかったのである。

これらの贅を極めたレストランの給仕長にとって、ヴァージル・オールドマンの味覚にはどんな秘密も存在しなかったが、その他は、著名な美術品鑑定士であるという以外、なにもかもが謎に包まれていた。

ロバート・ラルキン青年もまた、つまるところ、シュタイレレックのシェフよりも彼を知っていたわけではない。オールドマン氏とバールでアペリティフを乾杯する、といったことさえ一度もなかったのだから、シェフ以下であるとも言えた。けれどもこの二人はもうかなり長い付き合いだったのである。

ヴァージルは、散らかり放題のロバートの工房兼実験室によく顔を出した。奇跡の手をもつこの若者の仕事ぶりを見るのが楽しかったからだ。ロバートに修理できない機械装置は地上に存在しなかった。どんな時代のどんな仕掛けもお手のものだった。楽器、火器、ピンボールゲーム、電信機、機械仕掛けのおもちゃ、ラジオ、羅針盤、スライサー、万華鏡、天秤、圧力計、工場で使う機械装置にいたるまで、なにもかも。外国の収集家たちは、長いあいだに擦り切れ変形し、しばしば重要な歯車さえ欠け落ちてしまった精密機械を、ロバートに送りつけてくるが、彼らはまちがいなく、完全に修理されて本来の動きをとりもどした装置を再び手にすることができた。

三十歳を過ぎたばかりの、この朗らかで礼儀正しい、現実的だが思慮深い若者が、二世紀も前に設計された機械装置、ありとあらゆる電気仕掛けのシステムを、どのようにして解読するのか、ほんとうの謎だった。ともかく魅力的な好青年なので、古いドライヤーであるとか印刷機であるとか、修理を頼みに訪れた女性の誰もが、道を踏み外しそうになるのであった。

熟練の業、知と力でもって彼の手がやすやすと器具を操るところは、見ていて実に気持ちのいいものだった。何やら不可解な物体にいつも触れているタコだらけの手をもつ彼は、まさにヴァージル・オールドマンと正反対である。おそらくは二人のこの相違ゆえに、孤独なオークショニアは、ときおりそこへ押しやられるようにして、ロバートの混沌とした工房の敷居をまたいだのだろう。彼が熱心に緻密な作業をしているのを見て、オールドマン氏は、おのれの職業の卑しい側面のせいでしばし見失われる平和と落ち着きをとりもどすのであった。他方でラルキン青年は、ヴァージルの子どものような静かな注視を嬉しく思い、心からの慎みと気遣いでもって応じていた。ここから深い友情が生まれてもおかしくはない。しかしもう何年もの時が経つのに、二人は儀礼的な態度を崩さず、レオナルド・ダ・ヴィンチの機械や、アルキメデスの螺旋、ボールペンや糊の新製品について論じるときも、互いに敬称を用いて話していた。

ロバートの作業器具が立てる音やめったに現われない客人に遮られるだけの、こういったお喋りのあいだ、ヴァージル・オールドマンは、自分の世界からこぼれ落ちてゆく唯一の芸術形式、つまり失われた生命に再び火をつけることに、ただ見とれていた。彼の職業世界の住人たち、古物商、批評家、収集家、投機家たちが、もし、この乱雑な作業場に少年のような面持ちでたたずむ男を見かけたとして、それがあのオールドマンだとは誰にも分からなかったろう。ロバートもまた、オークションを取り仕切る彼を見てもヴァージルだとは分からなかったろう。弓ドリルや水時計に目を奪われている大人しい男が、押しも押されもせぬ権威となって尊敬され恐怖の対象にさえなるのである。オールドマン氏は病的なまでに厳格だった。彼の判断に対する異議申し立ては、どのような種類のものであれ、これまでの長いキャリアのなかで一度も受けたことがなかった。芸術品の同定と評価に関する彼の見解、とりわけ瞬時に贋作を見分ける彼の嗅覚は、誰からも認められていた。世間は彼を信用していた。彼は世間を信用していなかったが。そして彼がハンマーを打ち、出品物のベスト・オファーを決定するとき、落札者も落札を逃した者もみな、これ以上に正しい裁定はありえないと信じたのである。

4

事実は必ずしもそうではないことを知っていた者が、ただ一人いた。ビリー・ホイッスラーという名の、年老いた無名の画家でオールドマンの秘密の協力者だった。そういうわけで彼はごくたまにオールドマンの競売に顔を出す。目立たないなりをして人々にまじって座り、一点の、例外的に二点の場合もあるが、絵画の競りに参加し、ほとんどつねに落札に成功する。要するに、どこにも変なところはなかった。オークションで落札した作品を必ずその数日後に、馴染みの友人であるヴァージルのところへ持って行き、たっぷりと上積みされた落札額を返還してもらうという、怪しげな習慣があるとしても。

こうしたカムフラージュのおかげで、オールドマン氏は、誰にも知られず、他人には譲りたくない作品を手に入れていた。だが本当に奇妙なのは、これらの作品がすべて女性の肖像だったことで、つまりこれが彼の唯一の情熱だったのである。いまやそのコレクションは膨大なものになっていたが、作品の時代や様式や作家には何のこだわりもなく、高い価値があるかないかも問題ではなかった。だがどの顔にも際立った共通点があった。つまり、彼女たちの眼差しは光軸の中心を向いており、それゆえどの方向から眺めても目が合うのである。このこだわりは彼のコレクションをなおさら奇妙なものにしていた。実際のところヴァージルは、家のなかの巨大な金庫さながらの部屋にコレクションを隠していて、他の誰にも見せたことがなかった。美術館の館長が垂涎の的にするようなコレクションを、オールドマンは存在しないと否定しつづけていた。ともかく、作品のほとんどは、オークショニアとして許される権限を最大限利用した、詐欺すれすれの行為によって手に入れたのだから、結局のところ隠すほかはなかったのである。

彼が目をつけた作品をビリーの落札にもちこむ巧みな誘導はもちろん、まさに絶妙の瞬間にハンマーを打たなくてはならない。つまり、誰も怪しむことがないように、オファーが盛り上がって一段落するかと見えるその瞬間、彼の懐が痛むほどに落札価格が膨れあがる一瞬前にである。

卓越した抜かりのなさが必要だが、ヴァージル・オールドマンにはその才があった。素晴らしい手際の良さでもって、何の価値もない作品として通過させた肖像が、彼の洞窟に移されると正真正銘の貴重な宝物に一変するのだった。そういうことは何度もあったわけだが、ときには美術品として極めて価値の高い絵画を、本当に傑作と言えるものも含めて、贋作であると信じこませ、ビリー・ホイッスラーへの手数料を合わせても、いわばただ同然で入手していたのだ。

こうして、世界のどこへも出かけていない日は、夕食を終えるとすぐ、ベッドに入る前に、ヴァージルは、誰も知らない例の部屋に引きこもり、「彼の女たち」のあいだで静かなひとときを過ごすのだった。壁はほとんど完全に絵で覆われていた。広い空間の中心に彼は座り、これらさまざまな肖像を飽くことなく眺めていた。そして彼女たちは、彼の視線に応じるかのように、愛情に満ちた謎めいた目で見つめ返していた。物思いにふける静かで親しげなこれら無数の顔に囲まれて、その夜、オールドマン氏は、クレア・イベットソンとの二度目の約束に自ら出向く決心をしたのである。

5

門は半ば開いていたが、ヴァージルは依頼人の到着を待った。数分後、前庭の奥から、苦しげによろよろと歩いてくる中年の男が見えた。屋敷の門番であった。イベットソン嬢はたいへん遺憾に思っているが、昨夜高熱が出て、残念ながら今もまだ熱があるのだと言う。オールドマンは腹立たしい思いをやっとのことで堪えた。ともかくこのフレッドという男は、実に親しみやすく話し好きな感じだった。お嬢さまの仰せの通り、下見をなさってくださいと言って、彼をなかへ案内してくれる。

ヴァージルは古い屋敷のなかを見まわした。いくらか折衷主義的な様式はさておき、口に出して言いこそしなかったが、家具の大半は非常に値打ちのあるものだった。あちらこちらに最近まで誰かが暮らしていた痕跡が残っていた。けれども、何もかも哀れに見捨てられた状態にあった。

最も大きい寝室の天井は落ちくぼんで雨水が入り込み、銅の葉で豊かに象嵌を施した二棹の素晴らしいフランス製キャビネットを脅かしていた。そのなかにはシーツや下着、衣類がたくさん入っていた。三脚部分が女の脚の形をしたマホガニー製の珍しいチェステーブルがあり、上には血圧計、薬瓶、注射器、点滴瓶などが載っていた。その横には、まだ期限の残る薬がうずたかく積まれた、鉄製の異様なナイトテーブルが置かれ、なんとも奇妙な光景だった。フレッドの言うに、イベットソン夫妻は一年ほど前に亡くなったのである。先に夫人が、その四十五日後に良人が。

電気を通していない巨大なムラーノ製シャンデリアを吊した大広間で、何枚かの絵がヴァージルの目をひいた。エイキンズが一枚、そして非常に美しいジェリコーがあった。椅子の背に白い絹のブラウスが掛かっていた。家中でただひとつ、分厚いほこりに覆われていないものだった。

主要な部屋を検分した後、いつものようにオールドマン氏は地下室を案内してもらいたいと頼んだ。

フレッドは地下の倉庫の入口まで彼を連れて行き、電気を点けたが、湿気がひどいので階段の上に残り、彼一人で降りて行くようにと言う。

蜘蛛の巣と鼠が好き放題にしているこれら洞窟のなかから、しばしば最も貴重な宝物が発見されるのである。もちろんそれをヴァージルはよく知っていて、つんとくるカビの臭いに鼻をハンカチで押さえながら、専門家的な注意力でもってあたりを見まわした。いい加減に重ねて立て掛けてある大量の絵画が目に入ったが、価値のありそうなものはない。めぼしいのはいくつかの鏡台だが、その前にはさまざまな彫刻が積み重ねられていた。他にも何だかよく分からない品々が、大きな掛け布が被せてあるその下にあった。

ヴァージル・オールドマンが、この混沌のなかを歩んでいたとき、足に何か金属的なものが触れた。それは少し錆びている小さな機械装置で、何枚かの歯車が目立っていた。彼は興味をそそられ、案内役がそこにいないのを幸い、黒い皮の手袋をはめた手で拾い上げ、ポケットのなかに入れた。

6

ロバートはその機械装置をあれこれひねり回していたが、とくに興味を引かれる風でもない。念入りに調べたあげく、おそらく非常に複雑なメカニズムの一部分なので、これだけでは何なのか分からない。時計かもしれないが、そう主張する根拠はどこにもない。いずれにせよ面白いのは、どうしてオールドマンがこんな物にこれほどこだわるのかだと、彼らしい皮肉めいた微笑みに顔をかがやかせて言った。ヴァージルもまた微笑んで説明をはじめる。とりわけ気になったのは、この装置そのものではなく、ひとつの矛盾だった。湿った床に落ちていて、つまり濡れていたわけだが、錆びていたのは床と接触していた下の方ではなく、その反対側、歯車の一番上だったのである。明らかに、それほど前からそこに落ちてはいなかったわけだ。だから不思議に思ったのだが、要するに意味のない推論の練習問題のようなものだった、と。鑑定士と警察の捜査官がどれほど似ているか、二人は冗談を言いあった。ロバートは、巨大なボトルのなかの素晴らしいガレー船のメイン・マストを修復するという、非常にデリケートな作業に戻っていく。けれども、ボトルの首に細長い道具を差しこんだかと思うと、落ちた帆を取りだす間もなく、店の前に停まったオートバイが、クラクションを鳴らす。夜中のこの大音響で、ロバートの長い一日の仕事がまた終わるのである。婚約者が迎えに来たのだった。

二人の若者は、一緒に何か食べに行こうとオールドマン氏に声をかけた。誘われた彼は、礼を述べて、断る。しばしのあいだヴァージルは、金属のケンタウロスに乗って矢のように走り去る彼らを目で追う。美しい婚約者の背にしがみつくロバートの姿を思い浮かべながら、彼の心は沈んだまま、近くのタクシー乗り場に歩いて行った。

7

謎の依頼主からヴァージル・オールドマンに手紙が届く。二度目の約束にも行けなかったことを平身低頭して謝罪する一方で、屋敷の下調べはどうだったか、この件を引き受けてもらえるかどうか尋ねていた。彼は返事に、受諾するつもりだが、ただし、委任の条件を話しあって決定するために面談の必要がある、と書いた。それから何度か手紙や電話でやりとりがあった。その会話のひとつに、あるとき女は彼に賛辞を述べた。いつだったか、新聞の文化欄で何度も大きく取りあげられた、センセーショナルな作品の発見者だったことを。にもかかわらず、この出来事を伝えるテレビに彼が一度も出てこないのに驚いた、と付けくわえた。ヴァージルは、人前に現われるのは好きでなく、見えないところにいる方がいいと応える。イベットソン嬢は声を低め、何かを仄めかすように溜息をつき、自分も彼によく似ていると言った。その言葉にはどこか苦しそうなところがあった。オールドマン氏は、それに触れたくはないと心の底では思ったが、彼のシニシズムは、あれこれの理由をつけて姿を見せようとしないこの女に、あてこすりを言うのにちょうど都合がいいと考えた。女は少し戸惑ったが弱々しく笑ってごまかし、彼が目録作成の作業を開始するその日に、屋敷に行くことを約束した。

こういった会話のあった後、信じがたい出来事があった。イベットソン邸の広間では、家具や美術品の目録を作成するデリケートな仕事が着々と進められ、ヴァージル・オールドマンは、助手たちを指揮しながら、保存状態や修復の必要度に応じて品物を分類していた。そのときふと、巨大なムラーノ製シャンデリアの広間で、白い絹のブラウスが消えているのに気がついた。さらに、屋敷の最上階の片側半分ほどは、他の場所に比べて埃も少なく散らかり方も少なかった。ほんとうについ最近までそこに誰かが住んでいたとしか思えない。彼は不安になった。なによりも、最後の約束にもかかわらず、クレア・イベットソンはまだ現われないのであった。

助手の一人に呼ばれ、オールドマン氏は、掛け布の下から出てきた家具を見るために、地下の倉庫に降りて行った。すると地下室の隅、古い薪台のあいだに、前回拾い上げたものと同じような歯車装置が目に入った。だがまさにそのとき、門番のフレッドが、イベットソン嬢ですと言いたげに、外に出るよう合図をよこした。

オールドマンは門番の後について階段を上ったが、期待はずれにも携帯電話を渡されたのだった。イベットソンは今回も来られない理由を話しはじめ、ヴァージルは怒りをあらわにした。委任状に署名がなければ目録の作成は続けられないと言うと、女は、家のどこかに書類を置いていただけたら、署名しておきますと応える。それに対して彼は、顔も知らない人のために働いたり、幽霊と契約するようなことには慣れていない。こんな風ではもう仕事を放棄するしかないだろうと言った。電話のあいだ、上階で作業員がピアノを移動させる騒々しい音がしたが、おかしなことに同じ物音が携帯からも聞こえ、こだまの反響のようなうなりが耳についた。彼は、女との会話を中断させないよう場違いな質問さえぶつけながら、階段を駆け上がって疑わしい音を追った。まさにピアノを動かしている場所にたどり着いたとき、反響の音はもっと大きくなり、どうやら女は近くにいるはずだった。ここでヴァージル・オールドマンは声を荒げ、見知らぬ女に正体を明かすよう求めた。彼女はいかにも困惑した様子で、今夜九時以降に電話をもらえないか、すべてを説明するからと言った。ヴァージルの自制心はもう限界に達していたが、幸いすでにクレア・イベットソンは電話を切っていた。

午後、ヴァージルは、イベットソン邸の地下倉庫で見つかった新しい部品をロバートのところへ持って行った。青年は拡大鏡を手に、顕微鏡までもちだして注意深く調べた。もちろん先のと同じ機械装置の一部だった。冠状歯車の中心軸にピンを固定するその技術はきわめて珍しく、十九世紀の初めかそれよりも前に制作されたとしか思えない。だがこの謎めいた装置が何なのかはまったく分からない。他の部品を手に入れる必要があった。

8

門番は時間通りに来たが、オールドマン氏は少し前からロイヤル・ホテルのバールで待っていた。イベットソン邸の最近の出来事をもっと詳しく知りたいと言って、彼は門番をバールに招いたのである。フレッドにしたがえば、最後の何年間か、夫妻はいつも病気がちで、その頃にはもう屋敷も荒れ放題で、イベットソン氏は、遅かれ早かれ何かを売り払う必要があるとよく口に出していた。

本当のところヴァージルは、クレア・イベットソンについて、自分で決めた約束を破りつづけて姿を見せないあの謎の女について、何かを聞き出したかったのだ。しかし門番は、非常に喋り好きな男だったが、女主人についてはあまり話したがらなかった。ただ、十五年のあいだ何度も数限りなく声を聞いたけれども、会ったことは一度もないと言う。しつこく尋ねるオールドマンに、門番は、自分だけでなく彼女を見た者は誰もいないと漏らした。彼女はいま二十七歳で実に奇妙な病気を患っているのだった。

9

その夜、ヴァージルはレストランへは行かなかった。家の調理室に常備してある保存食のなかからツナ缶を取り出して食べた。二十一時ちょうど、居間の肘掛け椅子に座り、長くなるかもしれない会話の心づもりをして、クレア・イベットソンに電話をかけた。

女はすぐに出たが、声の調子はすっかり変わっていた。もっともそのときヴァージルは、自分の言い分にばかりとらわれていて、この変化に気づきもしなかった。穏やかだが断固とした調子で話しはじめた。彼女の屋敷の財産を整理する役目は喜んで引き受けたいが、悪趣味なお遊びに付き合うつもりはまったくないと。これに対してクレア・イベットソンは、ごく短く冷徹に言い放った。もうこの仕事はなかったことにしてほしい。考えが変わったので、業者に依頼するか、あるいはたぶん何も売り払わないことにするつもりだ、と。そして、これまでの仕事の請求書を送って寄こすよう頼み、失礼をしたと謝罪して、唐突に電話を切ったのである。オールドマン氏はすっかり慌ててしまった。もう一度電話をかけ直そうとして番号を押しはじめたが、最後の番号に触れる直前に考え直し、受話器を置いた。階段を降り、秘密の洞窟におもむき、そこにいつもより長く留まって、女たちの顔に見入るのだった。

10

数日後のパリ。ヴァージル・オールドマンは、かなり厄介なオークションを采配していた。『椅子に座る女の肖像』という贋作が出品されると、彼の協力者のビリー・ホイッスラーが入札の金額を積む合図を送ってくる。別の顧客もまた目で合図をしていたが、ヴァージルは気づかず、ビリーに落札のハンマーを打った。抗議を受けて議論が持ちあがり、主催者は困惑していた。いつも完璧なオールドマンがこのような窮地に落ちたことはなかったのである。事態が紛糾しはじめた刹那、ヴァージルはビリーに小さく頷いた。その意味をすぐに察したビリーは、貴族的な雰囲気を漂わせて簡素な椅子にうずくまる、冷たい表情の女性像を、他の入札者に譲ったのであった。しかし後で二人が顔を合わせたとき、オールドマンは、決定的な瞬間にオファーを出しそびれたと言って、忠実な相棒をきびしく咎めた。長年のあいだ二人は協力してきたが、ぴりぴりした緊張がみなぎるのは今回がはじめてだった。たとえばビリーが、自分の才能を少しも認めてくれないから立派な画家になりそこねたのだと嘆き、責任を彼になすりつけてきたときも、二人が色めきたつことはなかったのである。ちなみに、そういうことはよくあったのだが、ヴァージルはいつも次のように答えてビリーの矛先を逸らせていた。「絵が好きで絵筆も持てる。だからといって芸術家になれるわけじゃない。そこにひとつの謎があってね、ビリー、君には何か欠けているんだな」。ともかく決して気分を害することなどなかった彼が、いま腹を立てていた。どうしてそれほど気にするのかとビリーが尋ねると、ヴァージルは説明をはじめた。彼が贋作扱いをした『椅子に座る女の肖像』は、実は真作であり、評価額は気も遠くなるほどの作品なのだ、と。ビリー・ホイッスラー老人は、情けない気持ちになり、取り逃した獲物のことをほんとうに申し訳なく思う。だが、友人ヴァージルの機嫌が悪いのは、何か他に理由があるに違いないと直感した。

11

シュトゥットガルト芸術大学で講義を終えて出てきたヴァージル・オールドマンは、ある有名な画商につかまってしまった。彼のコレクションの展覧会をしたいと、唐突な話を持ちかけてくる。

「でもわたしのところにはどんなコレクションもありませんよ」とヴァージルは答える。

「噂がありましてね。あなたが貴重な女性肖像を何枚も隠しもっていると」と画商。

「どんな女も隠していませんがね」とヴァージルは皮肉ぽく言って会話を切り上げた。

シュトゥットガルトから戻ると、オールドマン氏は、イベットソン邸の前の小さなバールに行き、そこに立ってウインドウ越しに見える荒涼とした屋敷をじっと眺めた。向こうのテーブルでは、二人の客が小人の女性に訳の分からない計算問題を出して楽しんでいた。焦点の定まらない目をしたこの若い女は、実に驚くべき早さでやすやすと答えていたが、ヴァージル・オールドマンは、べつに気に留めるわけでもない。紅茶を注文してももちろん飲みはしなかった。何分かして、小人が複雑怪奇な代数の難問を解いていたとき、門番のフレッドが屋敷の門から中に入っていくのが見えた。いかにも食料を詰め込んだ袋をもって。これでオールドマンの疑いは正しかったことになる。屋敷には人が住んでいたのである。

12

翌日のオフィスで。何件もの電話がかかっていたのを秘書が伝えるなかに、クレア・イベットソンからの電話があった。彼女は、できれば十七時に屋敷に来てほしいと懇願していた。

今回もまた門は半開きになっていた。ヴァージルは門を押しひらいて中へ入った。前庭を通りながら、管理人室を撤去する作業が進行中なのに気がついた。屋敷にたどり着き、入口の扉に灰色の手袋をはめた手をかけると、この扉も開いた。敷居をまたぎ、階段を上がる。ピアノの広間に出ると、静けさのなかに響きわたるように、丁寧な口調で話す彼女の声が聞こえてきた。「お越しいただいて本当に嬉しく思います。オールドマンさん」。ヴァージルはまわりを見まわしたが、誰もいなかった。ともかく返事をする。

「どうしてわたしだと分かったのですか」。

「門番は足がいくらか不自由ですが、あなたは違いますから」とイベットソン嬢は応える。

「本当のところ、またお話しする機会があるとは思いませんでした」。男は挑発するように切り出して、女が口を開くのを待つ。

「わたしの弁解に我慢ならないのは分かりますわ。もし立場が逆ならわたしも我慢できないでしょう……」とクレアはふざけるように言う。

ヴァージルはその声を追いかけながらゆっくりと歩き、広間の一番大きい壁を前にして立ち止まる……。

「けれど今度もまたあなたをうんざりさせてしまうに違いありません。わたしの態度を許していただきたいのですから」と女はつづける。

このとき、オールドマンは、一目では分からないが、壁全体に描かれただまし絵のなかに隠された扉があるのを発見した。声はその向こう側から聞こえてくるのである。会話はこうして扉をあいだに立てて進められた。彼はなぜ会ってくれないのかと訊いた。彼女は、「あなただから、というわけではありません」と応え、オールドマンの礼儀正しい巧みな言葉に折れて、十五歳のときから家の外に出たことがないと告白した。両親が亡くなる前から部屋に閉じこもっていたのだと。これにはヴァージル・オールドマンも呆気にとられた。そこまで長期にわたる隔離生活の理由を尋ねると、クレア・イベットソンは面白そうにふっと小さな笑いをもらして、いつも手袋のなかに手を隠している人から、そんな質問を受けるとは思ってもみなかったと言う。この言葉には少なからずヴァージルも驚き、いらだちを抑えきれずに衝動的に反応してしまう。「単なる衛生上の問題だ。それとこれは何の関係もない」。

「あなたは他人に触れるのが怖いのよ」と彼女は追討ちをかけるように言う。「他人の持ち物に触れると嫌悪感に襲われる。そしてわたしは、他人の生活に近づくのが怖い。要するに、二人の振る舞いは同じような論理にしたがっているの」。

「家の前の道を歩いたこともないと言うのですか」と、当惑しながらもヴァージルはそのかすように尋ねた。

だが女は少しのためらいもなく応じ、自分が家の外に出られないのは、他人に対する彼女の不信感に近いものがあると言う。オールドマン氏は反論しようとしたが、溜息しか出てこない。クレアは語りつづけた。彼女にとってもまた非常に個人的な選択だったと……。ただ家のなかに誰もいないときだけは、部屋の扉を開けて敷居をまたぎ、広間に足を踏み入れる。庭にまで降りていくことは滅多にないが、確実に誰とも遭遇しない夏の一時期だ

け は別。けれども門の外に出たことはない。考えただけでも身体が麻痺しそうだ。
「そういうわけです。わたしのことを理解していただいて、ご専門の仕事の範囲内で、助けてくださいますか」と締めくくった。

ヴァージルは受諾した。イベットソン嬢はさらに、契約上の合意に関しては、報酬についても彼にすべてを任せたいと付けくわえた。「……盲目的に信頼しています」。彼は、少なくとも書類に署名するときは会えるだろうかと彼女に尋ねた。女は、書類はどこか家具の上にでも置いておいてほしいと頼み、そろそろこの話しあいも切り上げたいと告げた。オールドマンは、財産整理委任状の下書きを広間の中央にあるテーブルの上に置き、立ち去る前に、どうして、先の電話で激怒したのに、もう一度自分を呼び出したのか質問した。
「昨日、向かいのバールから家を眺めていたあなたの様子に心を打たれたのです」。女の声が、がらんとした広間に反響した。

13

ロバートは、興奮した面持ちでヴァージルを出迎えた。数日前から彼に連絡をとりたかったが、電話番号も知らないので、店に立ち寄ってくれるのを待つしかなかったのだ。あの機械装置について発見があった。錆を落としてきれいにし、顕微鏡で注意深く眺めると、歯車のひとつに刻印が見つかったのだ。それを見るように促されてオールドマンは、仕事道具でいっぱいの作業台に座り、顕微鏡をのぞき込む。〈ヴォーカンソン〉と読める印字があった。「何とヴォーカンソンじゃないか！　信じられない！」と思わず夢中になって大声を上げる。大学の卒業論文のテーマがまさにジャック・ヴォーカンソンだったのだ。いったいどういう人物なのかと尋ねるロバートに、ヴァージルは、「十八世紀の名高い自動機械人形制作者だ」と勢いこんで答え、ヴォーカンソンの有名な喋る自動人形、真実を言うアンドロイドのことを語った。この歯車装置が当時の自動人形の部品かもしれないと思うだけで、ロバートもまた熱くなった。このような機械に触れるのは、何よりも愉快なことだった。何とかして欠けている部品をできるだけ集めなくてはならない。いったいどこで見つけたのかと尋ねる。しかしヴァージルは、古美術の世界には厳格な倫理規定があり、正式にオークションにかけられる前に作品の出所を明かすことは許されないのだ、と言って青年の頭を冷ましたのである。ともかくせめて、この大発見を祝して、彼を婚約者と一緒に夕食に招待したいのだがと水を向けると、ロバートは喜んでこの申し出を受けた。もっとも彼の婚約者は、数日前から田舎の両親のところに帰っていたので、二人だけで晩餐を楽しむことになった。

この食事のあいだ、ロバート青年の無邪気な言葉に促されて、ヴァージル・オールドマンは、自分自身の個人的なことにも触れた。女性を非常に崇拝しているが理解することができない。これまでずっと、女性の前に立つと、崇拝と同じほど強い恐怖を覚えてきたのだと言った。

14

翌週のイベットソン邸。オークションにかける前に修復する必要のある家具や絵画の移動と目録作成の作業が再開された。

ヴァージルは、だまし絵の扉を挟んでもう一度、クレア嬢と話す機会をもった。彼女自身の事柄について話すよう促してみたが、このときは何も話したがらなかった。オールドマンが残念に思いながら立ち去ろうとして部屋を出る寸前、女は彼を呼んだ。戻ってみると、扉の下から差し出された契約書など、すでに署名済みの書類があった。かがんで、明るい色の革手袋をはめた手で拾い上げる。確認のために目を通し、個人情報が欠けていることを彼女に知らせる。少しして、扉の下から古い身分証明書が現われる。「わたしのパスポートです。どうぞお使いください」。こうしてヴァージルはついにクレア・イベットソンの顔を、写真だったが、見ることができたのである。これといった特徴のない顔立ちで、笑みを浮かべた青い目の少女が、そこに自分の未来をすべて読もうとするかのように、まっすぐカメラのレンズを見ている。オールドマン氏は日付を調べて微笑んだ。パスポートの有効期限は十二年前に切れていたのだ。そのことを言うと、彼女はあっさりと「個人情報に有効期限はありませんわ」と答えた。実際にこのような契約なら、子どもの頃のパスポートでも問題はなさそうだった。

データを書き写しながら、ヴァージルは、鍵穴からこちらを覗いている彼女の視線を感じた。彼は、一種の気まずさを覚えながら、幼い頃の遊びを思い出していた。

屋敷を出る前にオールドマン氏は、再び地下倉庫に降りて行き、そこで、ヴォーカンソンの機械の貴重な部品がいくつも、まるでゴミのようにあちらこちら散らばっているのを発見した。

庭で門番に出会う。男の言うに、門番の仕事はすでにかなり前から週に数時間程度のものだったが、もうそれも完全になくなることになった。これからはただイベットソン嬢の用を果たすため、ごくたまに立ち寄るだけになるだろう、ということだった。そしてヴァージルに、家具を移動する作業のために必要だろうからと、鍵を手渡す。

「お嬢さまがそうお望みなので」と言った。

15

病気の若い女が一人で暮らす家の鍵を手にしたヴァージル・オールドマンは、本当のところはよく知らない人物の運命にたいして、突然自分が責任者になったかのような重圧感を覚えた。イベットソン邸の家財の修復と目録作成の作業を進めながら、他方で友人のロバートが錆びた古いパズルの組み合わせに頭を絞っていたとき、ヴァージルは、毎日のように元門番に電話をかけ、イベットソン嬢に食べ物を運んだかどうか確認するのだった。返事のない日は、彼自身がシュタイレレックに出向き、何かテイクアウトできるものをシェフに用意させ、そうしてイベットソン邸へと駆けつけ、だまし絵の広間の入口に包みを置いて帰った。それから女に電話をかけ、包みのことを知らせた。ときおり、レストランへ行く前に、何か食べたいものはあるかと電話で尋ねることもあった。

さらに、オールドマン氏は、広場恐怖症について調べはじめた。主要な大学や心理学専門誌から入手可能な関連テクストをすべて集めた。オランダにこの恐怖症の原因と治療の研究と実験を続けている名高い心理学者がいると知って、ヴァージルはコンタクトをとる。そして彼から、患者にたいして断固とした態度をとらないこと、要するに、外の世界は患者自身が完全に自力で獲得しなくてはならないのであって、これを受け入れるよう患者に強制してはいけないことを学んだのであった。

高名なオークショニアの日常生活にまさに革命的な変化が起きた。彼は自分から進んで携帯電話を身につけた。正確に言えば購入したのではなく、これまで箱を開ける気もしなかった贈り物のひとつを手に取り、ロバートに使い方を教わったのである。まわりの者たちを少なからず驚かせたこの決心は、ある日の朝、オールドマンの心に突如としてひらめいたものだ。その前夜、クレア・イベットソンは気分が悪くなったが、誰にも助けを求めることができなかった。事情を知った彼は、こうしていつでも連絡がとれるようにと考えたのである。

彼女の方は驚きながらも彼の心遣いを受け入れていた。けれどもきわめて不安定な心理状態は変わらない。優しく繊細なところを見せたかと思うと、その一瞬の後にはほとんど精神病的な態度を示したりもする。屋敷の家具の整理処分についても、取り決めたことがすぐに変更される。ヴァージルを拒絶して契約の破棄を求めるときもあれば、助けてほしいと懇願するときもある。オークショニアは、当惑が大きくなるほど、理解不能なまま吸い寄せられ（まさに女性肖像画に魅了されるのと同じく）、大きな渦に巻き込まれるように、ますます深みに沈んでいった。

ある夜、秘密の部屋で、コレクションの女性たちの眼差しの下でうっとりしながら、どの顔がクレア・イベットソンの顔に似ているだろうかなどと考えていたとき、携帯が鳴る。彼女だった。ジェリコーを売ることにするかどうか、ためらっていると言う。長いあいだ話は続いた。ヴァージルにとって、「彼の女たち」の視線を浴びながら、まだ見ぬ依頼人の声を聞くことは、心を揺さぶる忘れられない体験となった。

16

北ヨーロッパでのオークションから戻ると、ヴァージル・オールドマンは、矢も楯も堪らない様子でイベットソン邸へと急いだ。何日か前からクレア嬢が電話に出なかったのだ。着いてみると屋敷の門の鍵が変わっていて、すっかり狼狽えてしまった。どうしていいか分からず向かいのバールに逃げこむ。いつもの角に座っている小人の虚ろな眼差しが、突き刺さるように痛かった。何なのか不可思議なフレーズを小人は大きな声で繰り返していた。「点の長さ。円の方向性。円周の辺。座標空間の中心……」。小人の正面に座っていた女教師だけが、驚いた顔をして近寄り、この小さな小さな女の奇跡に見入る。すべてはゼロの定義だった。小人が「線分の面積」と言ったまさにそのとき、フレッドがイベットソン邸の門のところに現われた。次の瞬間、唖然とする女教師の耳に「球体の垂直位置」という言葉が響いたとき、バールを出たヴァージルは、元門番のほうへ近づいた。イベットソン嬢は一年に二度、鍵を変える習慣がある、とフレッドは言いながら、彼に新しい鍵を手渡してくれる。ヴァージルは安堵の胸をなで下ろし、だまし絵の広間に上るとすぐ、ど

新　刊

脱領域の読書
—あるロシア研究者の知的遍歴

塩川伸明著

知的遍歴をたどる読書録

長年ソ連・ロシア研究に携わってきた著者が自らの学問的基盤を振り返り、その知的遍歴をたどる読書録。

学問論／歴史学と政治学／文学と政治／ジェンダーとケア／歴史の中の個人

購入はこちら

四六判並製310頁　定価3520円

未来への負債
—世代間倫理の哲学

キルステン・マイヤー 著
御子柴善之監訳

世代間倫理の基礎を考える

なぜ未来への責任が発生するのか、それは何によって正当化され、一体どこまで負うべきものなのか。世代間にわたる倫理の問題を哲学的に考え抜いた、今後の議論の基礎となる一冊。

購入はこちら

四六判上製248頁　定価4180円

魂の文化史
—19世紀末から現代におけるヨーロッパと北米の言説

コク・フォン・シュトゥックラート著
熊谷哲哉訳

知の言説と「魂」のゆくえ

古典ロマン主義からオカルティズム、ハリー・ポッターまで—ヨーロッパとアメリカを往還する「魂」の軌跡を精緻に辿る、壮大で唯一無二の系譜学。

購入はこちら

四六判上製444頁　定価6600円

新刊

映画研究ユーザーズガイド
——21世紀の「映画」とは何か

北野圭介著

映画研究の最前線

視覚文化のドラスティックなうねりのなか、世界で、日本で、めまぐるしく進展する研究の最新成果をとらえ、使えるツールとしての提示を試みる。

購入はこちら

四六判並製230頁　定価2640円

カントと二一世紀の平和論

日本カント協会 編

平和論としてのカント哲学

カント生誕から三百年、二一世紀の世界を見据え、カントの永遠平和論を論じつつ平和を考える。カント哲学全体を平和論として読み解く可能性をも切り拓く意欲的論文集。

購入はこちら

四六判上製276頁　定価4180円

戦争映画の誕生
——帝国日本の映像文化史

大月功雄著

映画はいかにして戦争のリアルに迫るのか

柴田常吉、村田実、岩崎昶、板垣鷹穂、亀井文夫、円谷英二、今村太平など映画監督と批評家を中心に、文学や写真とも異なる映画という新技術をもって、彼らがいかにして戦争を表現しようとしたのか、詳細な資料調査をもとに丹念に描き出した力作。

購入はこちら

A5判上製280頁　定価7150円

新刊

マルクス哲学入門
―動乱の時代の批判的社会哲学

ミヒャエル・クヴァンテ著
桐原隆弘／後藤弘志／硲智樹訳

重鎮による本格的入門書

マルクスの思想を「善き生」への一貫した哲学的倫理構想として読む。複雑なマルクス主義論争をくぐり抜け、社会への批判性と革命性を保持しつつマルクスの著作の深部に到達する画期的読解。

購入はこちら

四六判並製240頁　定価3080円

顔を失った兵士たち
―第一次世界大戦中のある形成外科医の闘い

リンジー・フィッツハリス著
西川美樹訳　北村陽子解説

戦闘で顔が壊れた兵士たち

手足を失った兵士は英雄となったが、顔を失った兵士は、醜い外見に寛容でなかった社会にとって怪物となった。塹壕の殺戮からの長くつらい回復過程と形成外科の創生期に奮闘した医師の実話。

購入はこちら

四六判並製324頁　定価4180円

お土産の文化人類学
―地域性と真正性をめぐって

鈴木美香子著

身近な謎に丹念な調査で挑む

「東京ばな奈」は、なぜ東京土産の定番になれたのか？　そして、なぜ菓子土産は日本中にあふれかえるようになったのか？　調査点数1073点、身近な謎に丹念な調査で挑む画期的研究。

購入はこちら

四六判並製200頁　定価2640円

うして電話に応えなかったのかと女に尋ねた。クレア・イベットソンは冷たく言い放った。彼がオークションを采配しているのをYouTubeで見て、髪の毛の色が不自然なことに気がついたのだと。髪を染める男など軽蔑していると。

こうして六十三歳のヴァージル・オールドマンは、自分の髪の自然な灰色を受け入れた。クレアは鍵穴から彼を見て、女性たちにはこの方がよほどお気に召すだろうと言った。

二人はこれまでになく話しこんだ。オークショニアは、彼女が家の内にこもる決心をする以前のことを聞きたがった。イベットソン嬢は、小さい頃から、広い場所や人混みのなかでは、いつも目眩がして息苦しかったと言う。両親に連れられてパリへ行った日、エッフェル塔の下で世界中の観光客に囲まれ、あの広大な空間を渡るのが怖くて動けなくなった。そして思春期の頃になると、恐怖感はしだいに大きくなり、初恋が破れた後はもう、家の外に出る勇気もなくなったのだと。そんな恐怖を感じなかった世界でただひとつの場所は、プラハだった。十四歳の頃に一度、学校の遠足で行っただけだが、天文時計のある旧市街広場を、何の気がかりもなく晴れやかに何度も行き来した。そして、ナイト・アンド・デイという名の小さなレストラン。内装が飛び抜けて素敵だった。ゆっくりと寛いで本当に幸せな時間を過ごすことができた。このレストランは世界でただひとつの、胸が熱くなるような思い出の場所で、いつの日かもう一度たずねてみたいものだと言った。ヴァージルはそこへ連れていってあげようと申し出るが、彼女は口をつぐんで押し黙る。はねつけるような沈黙だった。

17

ある日の午後、あのとき以来まったくお呼びがないと嘆くビリー・ホイッスラーをオフィスに迎えた後、家に帰る途中でヴァージル・オールドマンは、ロバートの工房に立ち寄った。若者はたしかにいい腕をしていた。自動人形の動作をおこなうメカニズムの組み立てには成功し、完全に修復するために、欠けている歯車装置のデザインを模索しているところだった。けれども、人形がどのような姿形をしていたかはまだ分からない。外観にあたる部品が、どうやら耳とおぼしき断片がひとつある以外、完全に欠けているからだ。ヴァージルは、もっとしっかり探してみると約束し、ともかく、ヴォーカンソンが制作した自動人形の図版を今度ここに持ってくる、考える役に立つはずだから、と言った。ロバートは、自動機械人形国立博物館の資料室で手に入れたものを何枚か出してきて、彼に見せた。オールドマン氏には懐かしかった。まさに学生時代に研究した図版だったからである。けれどもとくに喜んだりはしない。ロバートは期待を裏切られたような気がして、何か問題があるのではないかと尋ねる。ほどなくしてヴァージルは、この目でその姿を見たことのない女に惚れてしまったのだと、具体的なことには立ち入らずに告白をはじめた。そして、彼女を見ることが不可能なので、だからこれほど夢中になるのかもしれないと付けくわえた。話を注意深く聞いていたロバートは、友人に意見を求められてはじめて口をひらき、こう言った。幽霊に恋するのは有益なことではない、その女を実際に見て、ほんとうに知るためには、あらゆる手を尽くす必要が絶対にある、と。

その日の午後、ロバートの店を出るとき、ヴァージル・オールドマンは、そろそろ敬称で話すのは止めにしないかと青年にもちかける。ロバートはもう有頂天だった。「お手伝いができればほんとうに嬉しいです」。

「明後日はクレアの誕生日なんだ」とヴァージル。「何か彼女が使いそうなものを贈りたいんだが」。

ロバートは微笑んだ。「初めの一歩を間違えてはいけません。役に立つとか立たないとかは問題じゃないんですよ」。

「そうかい?」とヴァージルは当惑気味に尋ねる。

「伝統的にやるのが一番です」と青年は笑った。

18

クレアの二十八回目の誕生日に、オールドマン氏は大きな薔薇の花束をもってイベットソン邸を訪れたが、フレッドに出会ってまごついた。元門番は、イベットソン嬢が住むあたりの清掃を終えたばかりだった。花をじっと見て、けれどそれについては何も言わなかった。立ち去る前に、屋根裏で見つけたという錆びついた二つの小さな鉄製の物体を差しだす。何の役に立つものかと尋ねられたヴァージルは、ムラーノ製シャンデリアの支えの部分だと、でまかせを言った。シャンデリアの修復はたしかに難航しているので、担当の助手たちに手渡してくれるように頼んだ。そして思わずかなりの額のチップをふるまったのである。

その日、クレア嬢の機嫌はどうみても良くないようだった。薔薇の花に気づくと、長い沈黙があり、そして、だまし絵の扉の向こうからは、ありがとうとただ一言、聞こえただけであった。オールドマン氏はいたく幻滅した。そのうえイベットソン嬢は、ようやく目を通した目録草稿のあちこちに苦情を出してきた。とくに出品物の大半につけられた評価額は、あまりに低いように思われる、と。ヴァージルは、オークションに出される最初の価格なので、それがだんだんと上がっていくのだと説明するが、女はなかなか納得できない様子。彼としては実に悩ましいことだった。これほど情けない思いをするくらいならと衝動的に、もうこの仕事はなかったことにして、家具や絵もすべて元通りに戻しておこうと言い放つ。だが扉の向こうからは物音ひとつ聞こえてこなかった。

ヴァージル・オールドマンには悲しいばかりの夜だった。シュタイレレックの敷居をまたごうとして、ウインドウの向こうに見えるテーブル、レストランの予約席のひとつに、ロバートが彼の店によく顔を出す女性客と二人でいるのが目に入った。彼らの醸し出す雰囲気、和やかな優しさに満ちたハーモニー、親密に微笑みあう二人を、遠くからじっと眺めていたヴァージルは、唐突に後ずさりすると、別のレストランに入った。そこで生まれて初めて、彼専用ではないグラスやナイフ・フォークを用いて食事をはじめたのである。二〇〇八年のシャブリ・サン・ピエールを口に含んだとき、思いがけなく携帯が鳴った。クレアだ。無礼な振る舞いを許してくれと切り出す。ワインはこれで良しとウエイターに合図をして、彼は、しばらく黙ったあと、自分は怒ったりしていないから、あまり気に病まないでほしいとささやく。女は、部屋に閉じこもって以来、花束を受け取ったことは一度もなかったと告白し、わっと泣き出した。誕生日はいつもとても悲しい日だったと言う。ヴァージルは今からそちらに行こうかと申し出るが、彼女は遠慮がちに断り、彼の気配りにはほんとうに感謝しているとだけ付けくわえた。

翌朝、仕事のため飛行場におもむく途中、オールドマン氏はロバートの工房に立ち寄った。自動人形の姿形を割り出すのに決定的と思える二つの部品、二つのうち一つは手の形をしていたが、それを彼のところに持って行ったのである。そして前日の出来事も打ち明けてしまう。おそらくは、何か励ましの言葉を聞きたくてというより、誰かに話したいという抑えがたい思いがあったのだろう。

このときからヴァージルは、女のことをいつもロバートに話すようになった。彼は無意識のうちにこの若い友人に寄りかかったのであり、友人の方では、彼を厳格なオランダの心理学者の手から奪い返そうとした。もっと現実的になるようにと忠告し、病気の女ではなく、普通の女として扱うべきだと言った。だがオールドマンの問題は、どれほど馬鹿げて見え時代錯誤に思えても、まさにここにあった。つまり生涯に一度も、面と向かって女の前に立ったことがないのだ。普通の女だって？　今この年齢になって、世界のなかで一人おののき震える女性をどのようにして征服すればいいのか、いったいどこから手をつけるべきか、まったく分からなかった。

ロバートは彼らしく非常にデリケートなやり方で、その謎の女の心にとどくような、ちょっとした仕草、巧妙な手段をいろいろと彼に仄めかしはじめた。そのひとつが、どのようにすれば彼女を見ることができるのか、であった。

そういったわけである日、クレアとのいつもの会話を終えて別れを告げた後、ヴァージルは、広間を出て行くふりをして扉を閉じ、書棚の陰に隠れた。しばらくしてだまし絵の扉が開くのが目に入った。彼女はおそるおそる部屋から足を踏み出し、周囲を見回して誰もいないのを確かめる。ヴァージルは息を潜め、狙い定めたその生き物から目を離さない。広間の出入り口にかんぬきを掛けようとして彼の方に近づいてくる。

彼女を見るのははじめてだった。間近に見てとても美しいと思った。青白い顔は触れると崩れそうなほど繊細だ。台所へ向かったので視界の外にでたが、すぐに戻ってきた。何か口のなかでもぐもぐしながら、軽く身体をほぐすように、広間を行ったり来たりする。パジャマの上下を着ていて、遠くから見るとまだ大人になりかけたばかりの少女のようだが、その身体の動きは、すでに成熟した女性のエネルギーに満ちていた。

何分かしてヴァージルはおもむろに携帯を取りだし、クレアの番号を押して呼び出す。女の部屋から電話の鳴る音が聞こえ、応答しようとクレアは戻っていく。ヴァージルは隠れていたところから抜けだし、音を立てないように扉を開け、外に出る。外から注意深く扉の鍵を掛け、電話の呼び出しを切った。

こういったことが何度か繰り返された。ところがある日、例の場所にへばりついていたヴァージルは、彼女がシャワーを浴びようと半裸になっているのを見てしまう。心臓がどきどきして手が震え、書棚の開き戸がキイイと音を立てた。その音を女はすぐに聞きつけ、恐怖で凍りついたかと思うと、大声で叫びはじめた。麻痺して動けなくなりそうなのを懸命に抑え、ぎくしゃくした足取りでようやく部屋にたどりつくと、鍵を掛けて閉じこもる。ヴァージルは深い罪悪感に苦しむ影のように走り去った。門を出て、いつものとおり窓から見えないよう屋敷の壁すれすれに、足早に歩きはじめた。まだ横道に到達する前に、携帯が鳴る。女はほとんどパニック状態で、助けを求めていた。ヴァージルはすぐに行ってもいいかと尋ね、女ははいと答える。オールドマン氏は無限に続くかと思われた数分をやりすごし、そして門に向かった。なかへ入り、階段をのぼる。顔には玉の汗がしたたり、手袋も脱いで濡れた両手を上衣でぬぐう。あえぎながらクレアの部屋の扉の前に立った。なんとか宥《なだ》めようとするが、家のなかに誰かが隠れていると訴えて声をはりあげる。隅から隅まで調べてみたが誰もいなかったと言っても喚きつづける。ヴァージルはとうとう自分の仕業だったと、彼女の姿を見ようとして隠れていたのだと告白する。ふいに嵐の前の静けさ。その一瞬の後、クレアは爆発した。扉をどんどんと激しく蹴りながら、ヴァージルにもう二度と自分の前に現われてくれるな、消え失せろと叫んだ。オールドマン氏は、言葉通りにすると約束して、広間を出る。クレアはすぐに静かになった。男が階段を降りていると彼女の声が追いかけてきた。「お願い。行かないで」。閉ざされた扉の向こうから響いてくる声ではない、くっきりと鮮明な声が、はじめて彼の耳に届いた。振り返ると彼女がいた。部屋から出たのだ。こちらに背を向けていた。彼は、背を向けたままの彼女に話しかけながら、ゆっくりと戻っていった。大切に思っている人を傷つけるようなことは決してしたくなかった、けれどもこの目でその人をどうしても見たかったのだ、と男がささやいたとき、女はすっと向きなおって彼を見た。ヴァージル・オールドマンは彼女の顔を撫でた。物心ついてからはじめて、しかも素手で、女の肌に触れたのである。

19

新しい知らせにロバートは小躍りして喜んだ。すっかり様変わりしたヴァージルを見てほんとうに嬉しそうだったが、青年は、決して油断してはいけないと忠告する。一番デリケートな局面なのに、恋はもうほとんど成就したのだと、致命的な勘違いをする男どもが多い、と。

「これでもう大丈夫だ、と思えばもう、駆け引きには一切頭がまわらない。まさに許しがたい過ちですね」。

「駆け引きってどうするんだ?」と、オールドマンは戸惑いながら尋ねる。

「相手を驚かせつづけること。女たちが予期していなかったことをする。いわば危険な試合に参加すること」と、ロバートは励ますように言う。

しかしヴァージル・オールドマンは納得できない様子だった。自分のやり方をまったく変えて、まるで別人になれというのか? それにロバートの言葉は一般論にすぎない。型通りのやり方がクレアのような女に通用するだろうか。ロバートに彼女のことを知ってもらう必要があるだろう。

20

刺激的なモザイクの断片がもう見つからなくなり、ヴォーカンソンの自動人形の組み立て作業は滞っていた。おのれの職業にたいするオールドマン氏の熱意も、いくらか冷めてしまったようだった。遠方で長期間の滞在が要求されるオークションを断りはじめた。なによりも、女性肖像を購入することがなくなり、ビリー・ホイッスラーをいたく心配させた。何度か顔をあわせるその度に、ビリー・ホイッスラーは、どこか脅迫めいた調子で言ってきた。「どうしたんだ、ヴァージル。お前のおかげで業界の半分は混乱状態だ。古物商たちのあいだでは変な噂が流れている。どこを見ても損害ばかりだ」。だがオークショニアの方では、とくに何を気にする風でもなかった。クレアとの関係の成り行きに満足していたのだ。彼がいると彼女も自分の部屋から出てくるようになっていた。がらんとした屋敷のなかに隠れるようにして、二人きりで昼食や夕食をとることもよくあった。そんな風に食事をしていたあるとき、過去のことを語ってくれないかとクレアに頼まれ、ヴァージルは話しはじめた。これといって何もない人生だった。小さな頃に両親を亡くし、薄汚い孤児院で育った。よくあるパターン。ただひとつ面白いことがあった。つまり尼僧たちが子どもたちに与えた罰が、孤児院の片隅にある修理工房で働くことだった。この子どもは、その仕事を見てとても気に入り、わざわざ罰を受けるためにありとあらゆる悪戯をやったものだ。こうして美術品、絵画、古い家具や機械のことを知り、真作と贋作の見分け方も学んだというわけだ。クレアは彼の話にうっとりと聞き入り、美術品の真作と贋作を見分ける彼のような専門家の能力には、ほんとうに感心してしまうと言った。この分野に必要な知識や技術のことはさておき、ヴァージルにはひとつの信念があった。贋作を理解し、ある意味で本物の芸術作品と同じように贋作を愛好する必要がある、といつも言っていた。贋作者の作品はもう一つの芸術作品なのだ。なぜなら「どんな贋作にも必ずどこか真実が秘められている」。なぜなら「他人の作品を写しながら、贋作者はその内に自分自身の何かを投入するという誘惑に抵抗できないからだ。しばしばそれは誰の興味も引かない無意味な細部、些細な一筆にすぎない。けれどもそこに贋作者は、まさにおのれの真実の表現を、うっかりと漏らしてしまうのだ」。

彼の言葉に魅せられ耳を奪われていたクレアは気づかなかったが、その夜、オークショニアの話を聞いていたのは彼女一人ではなかった。ヴァージル・オールドマンがイベットソン嬢を覗き見るために何度も身を隠した書棚の陰に、今回はロバートが隠れていたのである。

それはヴァージルの思いつきだった。この青年が彼女を見て、クレアその人についてはっきりとした印象をもつことができるようにと考えたのだ。

翌日、ロバートは友人に祝いの言葉を述べた。まさに完璧な誘惑者だった、と。

「クレアのことは？　何か言えよ」とヴァージルは迫る。

「事情を知らなければ、まったく普通の女の子にしか見えない。話に聞いて想像していたより何倍も美人だったね」。

「やきもちを焼かそうってのかい？」。

「ひとつ言っておくと、ヴァージル、彼女の病気がけっして治らないよう祈った方がいいよ」。

そして悪戯好きな二人の小学生のように笑いあった。

21

クレアもまた変わりはじめた。身支度からふとした所作にいたるまで。ロバートがヴァージルに贈るように勧めていた服を着たり、化粧品すら使いはじめたのだ。化粧など決してしないだろうとヴァージルは思っていたが。

ある日の昼食後、外は嵐が吹き荒れていた。クレアは、自分の部屋に入ってみないかとヴァージルに誘いかけた。彼は天にも昇る気持ちだった。彼女が十二年間ずっとそのなかで暮らしつづけた場所に足を踏み入れるのである。

二人が最初の口づけを交わしたのはこのときだった。まるで思春期の少年と少女のようにぎこちなく。ヴァージルが幸福の絶頂にいたとき、壁の棚の上に置かれた金属製の物が目に入る。ヴォーカンソンの自動人形の部品にちがいない。保存状態も非常に良さそうだった。だがそのことも、もはやあまり彼の関心を引きはしなかった。同様に、数日後の満員のオークションで、助手がピカソの絵を掲げているのに、声をはりあげて珍しい整理机の説明をはじめたときも、オールドマン氏はあまり苦にしなかったのである。高名なスペインの画家がキュビスム時代に描いた複雑な男性肖像にたいして、六つの引き出しと六つの仕切りのある「ロバの背」タイプで、と彼が言ったとき場内は爆笑の渦に包まれた。最初のうちヴァージル・オールドマンは、わなわなと身を震わせ、戸惑い傷ついた様子だった。彼のことをよく知っていたオークション・ハウスの支配人は、これから何が起こるかと身構えたものだ。しかし、ヴァージルは間違いに気づくと、驚いたことに、彼もまた大笑いしはじめたのである。

その日の夜、停電のため闇にとり残され、クレアはヴァージルにイベットソン邸に泊まっていくように頼む。そして朝の三時に二人は結ばれた。

この時から、これまでロバートに事細かく話していたヴァージルが言葉を濁すようになり、まるで彼の恋愛物語が慎みのヴェールに包まれていくようだった。青年は理由を察して嬉しく思い、何も言わなかった。ただ一言、祝杯をあげながら、はじめてだったのかと訊く。ヴァージルは顔を赤く染め、そうだという風に頷いた。だがそれがクレアのことなのか自分自身のことなのかは誤魔化した。

「安らかに眠りたまえジャック・ヴォーカンソン。いまやロバートはほんとうに何でも、人間そのものでさえ、修理できるのだ」、とヴァージル・オールドマンは友人に言い、微笑んだ。

22

いまやヴァージルの最大の望みは、クレアを家の外へ連れ出すことだった。彼女が自分で定めた境界を乗りこえ、まさに人生に出会うようにさせること。この根源的な本能を再び取り戻させるには、どうすればいいだろうかと彼は自問していた。彼女をプラハに、いつも話しているあのレストランに連れて行くのはどうだろうか。

ロバートはもっと慎重だった。焦ってはいけない、自然に落ち着くのを待つのがいいと考えていた。工房で修復中の機械と同じように。できるかぎりのことを入念に、ありとあらゆることを試してみる。するといつも思いがけない瞬間がやってきて、その後は何もかも無理なく自然に進むようになるのだ。まるで超越的な何者かの意志がすべてを決定しているかのように。

何週間か経ったある夜、その思いがけない瞬間が訪れた。オールドマン氏はエディンバラから戻ったばかりで、イベットソン邸の近くの広場に車を駐めた。歩いて門の前のバールのあたりまで来たとき、三人の若者が突然、襲いかかってきた。ヴァージルは頭を殴られ、気を失って倒れた。暴漢たちは持ち物を全部奪い取ると消えていった。雨が降りはじめた。オークショニアは、どのくらいとも分からないあいだ、じっと動かずに横たわっていたが、やがて意識が戻る。だが立ち上がろうとしてもできない。顔から流れだす血が雨に洗われていた。ヴァージルが身体をまさぐると、上衣のポケットに携帯電話が入っていた。これが無事だったのは幸運としか言いようがない。携帯をとりだして、クレアの番号を押す。彼女の声が返ってくるが、彼の方はただうめき声しか出せない。次の瞬間、イベットソン邸の門の奥のほうで扉が開く。顔を出したクレアの目に、道路の向こう側で、血まみれで水たまりに横たわるヴァージルの姿が飛び込んできた。おそるおそる門までたどり着く。誰かが通りかかって助けてくれないかと願いながら。けれど誰も現われない。バールの上の部屋に明かりが灯っている。ガラス窓に寄りかかって、小人が降り落ちる雨に見とれていた。クレアは小人に合図を送るがなかなか気づいてくれない。思い切って門を開ける。ヴァージルは彼女の方へと目を向けたが、目があったと思った瞬間、力が抜けて再び目を閉じた。クレアは事態の重大さに気づき、無我夢中で道を走った。ヴァージルの上にかがみ込み、手を握りしめるが反応がない。このとき車が通る。クレアは、両手を挙げて助けを求めた。

救急病院の廊下を看護師たちに運ばれていくあいだ、ヴァージル・オールドマンは、やっとの思いで腫れた目を少し開いた。クレアがそばにいるのが見える。ついに彼女は孤独の城から外へ出たのだ。何も言わずに彼女に微笑みかけた。

23

すっかり回復してから、ヴァージル・オールドマンは、クレア・イベットソンを自宅に招いた。立派な家のなかを隅から隅まで案内していき、二七九枚の女性肖像を飾った洞窟にも入る。この光景に彼女は驚嘆して唖然となりながら、ひとこと言った。

「嘘をついたのね。わたしははじめての女じゃなかった。こんなに……」。

「そう」と彼は答えた。「わたしは彼女たちを愛したし、彼女たちもわたしを……。そして君を待つことを教えてくれたんだ」。

謎めいた視線を一斉に注ぎかけるこの女たちの顔と顔を、クレアが息をつめて眺めていたとき、ヴァージルは、ここで一緒に暮らしてくれないかと言った。すると女は堪え切れないように身体を震わせはじめた。じっと彼の目のなかを覗きこみ、あらんかぎりの力で彼を抱きしめながら、こう囁いた。

「あなたを愛しているの。どんなことがあっても、忘れないでね」。

24

ロバートとその婚約者に声をかけ、四人でシュタイレレックの食事を楽しもうということになった。乾杯が終わると、ヴァージルはかばんから図版付目録をとりだし、みなの前に高く掲げてこう宣言した。「イベットソン邸家財道具一式の競売目録、ここに完成!」。だが陽気な雰囲気のなかで、クレアだけがどこか冴えない顔をしていた。ヴァージルは彼女に優雅な装丁のその一冊を差しだし、いくらか不安げに判断の言葉を待った。クレアはおそるおそるページをめくり、彼女の家具の鮮やかに美しい写真を丹念に眺めた。ムラーノ製シャンデリア、ピアノ、食器棚、エイキンズ、ジェリコーを見た。そして最後に微笑む。けれどもその微笑みには何かしっくりしないものがあった。本能的にロバートは、気に入らないところがあったのかと尋ねる。彼女はその質問を無視して、目録を閉じると、目を上げてヴァージルを見た。

「いいえ、ただ……あなたの家で暮らす決心をしたとき、もう何も売り払わないでおこうと思ったの。屋敷をそのままに残そうと。たぶん修復することにして」。

ロバートと婚約者は心配そうにヴァージルを見た。一瞬の沈黙があって、彼はうなずく。安心するようにと、クレアの手を握りしめて、言った。

「たしかに。もしわたしが君の立場なら、君と同じように感じただろうな」。

ヴァージルは、目録をとりあげて幸せそうに引き裂きはじめた。レストランの支配人、給仕長、ウエイターたちは、驚いて振り向き、誰もが呆気にとられていた。そして最後にグラスを掲げて言った。

「わたしの人生で最も苦しみ最も幸せな目録に、乾杯！」。

25

ヴァージル・オールドマンは、ロンドンのオークションを最後に引退を決意し、クレアが同行してくれたらどれほど嬉しいかと思って、それを提案する。けれども彼女にはまだ旅行は無理なようだった。

オークションは三日間続いた。オールドマン氏がこれまで主宰したなかでも賑わいをきわめたものだった。昔からの顧客、蒐集家、同僚たちが、彼の最後のオークションと知って挨拶に来たからでもある。オークショニアとしての彼のキャリア全体にたいして、ヴァージル・オールドマンは、いくらの価格でベスト・オファーのハンマーを打つだろうか、という賭さえあった。三日目にはビリー・ホイッスラーも来た。オークションが終わると満場の拍手が沸き起こった。ヴァージルは感動した。頭を下げて謝意を示し、両手を持ちあげた。もう手袋はしていなかった。大勢が押しよせて彼にお祝いの言葉をかける。晴れやかな別れに入り乱れる人々のなかを、ビリーが近づいてきた。

「いまやっと、誰の目も気にせず君に挨拶できるわけだ」。二人は心を込めて抱き合った。

「ヴァージル、お前のためを思って俺は満足しているよ。けれど寂しくなるな」と旧友は告げる。

「まるでもう二度と会わないみたいじゃないか」とオールドマンは咎める。

「もちろん会うとも」とビリー。「でも俺たちの仕事のことは、懐かしいと思うしかないからなあ」。

ヴァージルは彼の肩をたたいて、そんなことすぐに忘れるさと言い、向こうへ行こうとしたが、ビリーは引きとめた。

「もしお前が俺の才能を信じてくれていたら、俺もひとかどの画家になっていた。そいつを思い出してもらおうと思って、作品を一枚、送っておいたからな」。

「焼いたりしないと誓うよ」とヴァージルはふざける。

そして、ほんとうの友人だけに許された皮肉ぽい表情を浮かべて笑いあった。

26

帰宅したオールドマン氏はすぐに陰鬱な気分になった。家にクレアがいなかったからだ。しかも彼女は携帯電話を解約していた。家のなかを探しまわったが、ガレージにも庭の隅にも彼女の痕跡はどこにもなかった。最後に秘密の部屋へ行き、いつも優しく彼を迎え入れてくれたその場所へ足を踏み入れたとたん、ヴァージルは石のように凍りついてしまった。部屋は完全にもぬけの殻だった。「彼の女たち」はどこにも見当たらず、壁にはただ釘と額縁の跡が残っているだけだった。ヴァージルは真っ青になった。目は虚ろになり、固く閉じた口元は歪んだ。そのとき、ぽっかりと明るく照らされた穴に気づく。穴の中心にひとつの人影が見えた。彼のことをあざ笑うかのように、ぎくしゃくとお辞儀をくり返していた。その男は、完全に修復されたヴォーカンソンの自動人形だった。言葉を話しさえする。ひとつのフレーズを何度も繰り返していた。「どんな贋作にも必ずどこか真実が秘められている。たしかにその通りだと思います、オールドマンさん。実際のところ、もう会えないかと思うと淋しくなりますね」。ヴァージルは誰だか分かった。友人のロバートの声だった。

27

彼の存在を一撃の下に打ち砕いた啓示を受けて、真逆さまに転落した麻痺状態からヴァージル・オールドマンが抜け出すまでに、かなりの時間がかかった。彼の助手たちが運びこんだ神経科のクリニックで、何週間ものあいだ、潜伏性緊張型分裂症さながら、ベッドに横になるかソファに沈み込んでいた。誰にも何にも注意を向けなかった。まるで、決して離れないいくつかのイメージの内に沈潜するかのように。もぬけの殻となった秘密の部屋、もはや永遠に裸の壁に残る釘の跡、不吉な未完の真実を言いつづける自動人形、クレアの顔。その顔をはじめて見たときの顔。おそらく、つねに彼女に思いを馳せつづけることによって、オールドマンは、いわば意識の石化からゆっくりと浮上したのだろう。

何時間も身じろぎもせず、クリニックの庭のベンチに座り、じっと目の前の空虚を見つめていた。その空虚のなかに見えていたのは、あの日のイベットソン邸だった。どこにも見つからないクレアを探して、あの日、彼女の屋敷に駆けつけたが、なかに入ることはできなかった。その門は、頑丈な鎖を巻きつけて閉ざされ、もう決して開くことはないかのようだった。このときもヴァージルは向かいのバールに入り、ガラス越しに屋敷を眺めていた。受け入れがたい謎を照らしだす何かのしるしを待ちながら。

彼の耳に小人の女の小さな声がよみがえる。絶望にかられてヴァージルは彼女に尋ねたのである。若い女、髪の色の明るい、少し青白い顔の中背の女が、屋敷を出入りするのを見たことがなかったか、と。数に耽溺してどんな計算問題もやすやすと解いてみせる小人は、窓の方に向けた目を逸らすこともなく、三三九回、と答えた。彼女によると、その女は、二年前に家財道具が屋敷に運びこまれた日から、何度も何度もイベットソン邸を出たり入ったりしていた。そしていま、屋敷は前のように空き家にもどったのである。ヴァージルは身体が震えるのを抑えることができなかった。

「そんなことはありえない……」と消え入りそうな声で言い、小人の横の椅子に力なく座りこんだ。小人はぼんやりと無邪気な目をして彼を見つめる。

「この家がお気に召したのなら、安くしてあげるわ」。

オークショニアは、最初は息も絶え絶えだったが、そのうち、真実の深みにずぶずぶと沈むのを感じながら、次から次へと質問をはじめた。この小人は、屋敷の所有者だった。

しばらく前に相続したのだが、どう扱ってよいのか分からない。時代物のシーンを撮影したいという映画やテレビに、ときどき貸したりしていた。けれど二年ほど前、一人の修理屋と賃貸契約を結ぶことになった。わずらわしい階段を使わなくてもバールの上の部屋にすっと昇れるように、リフトを設置してくれたのも、この修理屋だった。

「とても感じのいい若者で、何でもできたの。わたしにいつも頬ずりしてくれて、花束も持ってきてくれた……」。小人は微笑む。一瞬、小さな女の子のように見えた。

ヴァージルはロバートのことだと分かって、青ざめる。それ以上もう何も訊かなかったが、バールを出る前にひとこと、「お名前を伺ってもよろしいでしょうか?」。

「クレア・イベットソンよ」と小人は答えた。

28

クリニックを退院すると、ヴァージル・オールドマンは家に帰り、長いあいだ誰とも会わずに閉じこもっていた。一日中、何の応答もないのを知りながら、クレアに電話をかけつづけていた。何か月も経ってからようやく、家の門から外に出て、列車にも乗ることができるようになった。車両のなかから目の前を飛ぶように過ぎていく風景をじっと見ていた。風景を見ながら何も見えないかのように。彼の前に広がる世界は、まるで困難をきわめた未開地のように見えた。

何もかも引きはらいシャッターに売店舗の貼り紙をしたロバートの工房が、オールドマンの心から離れなかった。そして警察の派出所の前まで行ったこと。思わず足を向けたのだが、肖像画盗難の件を申告するわけにはいかなかった。状況を説明するのがあまりに難しかったからである。まるで蜘蛛の巣に捕らわれたような気持ちがした。それから、ビリー・ホイッスラーが送って寄こした絵のことも思い出す。画布の裏には、「ヴァージルへ、友情と感謝のしるしに。ビリー」という献辞があった。もちろん凡庸な絵だったが、女性の肖像、それはクレアを描いたものだった。

29

プラハ中央駅で列車を降りながら、ヴァージルはまだクレアの姿を見つづけていた。荷物を運ぶポーターの後を追って、駅のホームを歩いているときも。そして、そこに住もうと決めたアパートに入り、窓を開けて天文時計のある中央広場を見下ろしたとき、ヴァージルの目には、二七九人の忠実な女性たちの不動の眼差しのなかで、彼の胸に飛びこんできたクレアが見えた。彼は広場の大きさを前にして麻痺したように動かなかった。まるで、贋作の専門家である自分が無邪気にも信じた感情、それはいったい、どんな風に装うことができるのかを考えているかのようだった。あるいは、どんな贋作にも必ずどこか真実が秘められている、というのは本当なのかどうか、クレアの振る舞いのなかに、どのような真実があったのかを自問するかのようだった。

30

翌朝ヴァージル・オールドマンは、町の地図を手に握りしめて、プラハの通りをあちらこちら歩きまわった。とはいえ観光客のようには見えない。しばらく前の奇矯なオークショニアでもない。手袋もはめず、髪も灰色のまま、さほど身なりにもかまわず、要するに誰でもない一人の男でしかなかった。

そろそろ昼時になろうとしていたとき、中心街の一角で、何かを探すようにゆっくりとあたりを見まわすと、ナイト・アンド・デイと書かれた古い看板が目にとまる。クレアがよく話していたレストランだ。ほんとうにあったのだ。ヴァージルは驚きながら、近づいていき、ガラスの扉に手を掛け、なかに足を踏み入れる。その瞬間、素晴らしく風変わりな内装に魅了されてしまう。彼女から聞いていたとおりだった。壁も天井も、いつから動きつづけているのか、古い歯車装置で覆いつくされていた。歯車、滑車、冠状歯車、平衡装置、ピニオン、ラック、ウォーム歯車、ベルト、伝導装置。この奇想天外な機械装置の隙間にテーブルがある。レストランの客は、何の役に立つのか誰にも理解できない巨大な機械の部品のようだ。

ヴァージルは片隅の空いたテーブルに気づき、そこに座った。幾何学的にひしめく機械装置の向こうに、入口が見えるかどうかを確認する。少し左に身体をずらせると扉が目に入り、彼はほっと安心した。そのときウエイターが近づいてきて、お一人ですかと尋ねる。ヴァージル・オールドマンは一瞬考えてから、もう一人来ますと答える。そして彼は待ちはじめた。

訳者あとがき

本書『鑑定士と顔のない依頼人』は、ジュゼッペ・トルナトーレ監督同名映画の公開直後に出版された“La migliore offerta”の翻訳である。映画のオリジナル言語は英語で、イタリア語の吹き替えがおこなわれたが（英語タイトルは“The best offer”、イタリア語タイトルもこれに等しい“La migliore offerta”）、本書はもちろんイタリア語で書かれている。一般的な意味での〈映画の原作小説〉ではない。直接映画に用いられたシナリオでもなく、事後に再構成されたノベライズでもない。撮影に向けて監督自身が書いた物語が、そのまま〈小説〉となったわけだ（出版にいたる特殊事情は序文に書かれている）。トルナトーレ監督の唯一の〈小説〉であり、初めての邦訳書である。ジャンルとしてもあまり類例のないものだが、そういうわけで本書は、図らずも生まれた〈開かれた小説〉の素敵な一例となった。このテクストは、自己完結的なものではない。物語を一直線に駆け抜ける言葉は、映像化への誘惑に身を震わせているかのようだ（どれほど翻訳で伝えられたかは心許ないが）。

著者のジュゼッペ・トルナトーレの名に覚えがなくても、『ニュー・シネマ・パラダイス』（一九八八年、日本公開一九八九年）の監督だと聞けば、たいていの人は膝を打って頷くだろう。『ニュー・シネマ・パラダイス』は、すでに集団的記憶のなかに登録された作品である。本書を手にした方にトルナトーレ監督の紹介は無用と思うが、形式的なところを少しばかり記しておこう。一九五六年シチリアのバゲリーアに生まれたトルナトーレは、三十歳で長編デビューし（『教授と呼ばれた男』一九八六年）、三十二歳の第二作『ニュー・シネマ・パラダイス』の成功で、一躍国民的映画監督となった。批評界ではなく観衆の喝采を浴びたのである。『教授…』から『鑑定士…』まで十一本の長編映画を撮影し、いまや中堅のなかの中堅と言えるが、現代イタリアの映画監督のなかで異色の存在でもある。それはつまり彼の観客動員力、観客の心に訴える映画をつくる才能のためだ。ドラマを構想する彼の天分は特筆すべきだろう。ひとつの人生の全体を描こうとするとき、トルナトーレの右に出る監督は現代のイタリアにはいない。『ニュー・シネマ・パラダイス』、『明日を夢見て』（一九九五年）、『マレーナ』（二〇〇〇年）、『シチリア！シチリア！』（二〇〇九年）など、彼の出生地シチリアの過去、その町々、人々の姿が、ノスタルジーとともに昇華され、普遍的なものになっている。だがトルナトーレが小さな物語を選択し、人生の特異な瞬間を切り取るとき、自らのオブセッションを離れたときにも注目したい。このときこそ素晴らしいカメラワークや演出の手腕が冴えわたるように思われるからだ。監督自らがモンタージュもおこなった『記憶の扉』（一九九四年）は、緊張感に満ちた完璧な室内劇で、まさに希有な職人業だった。『海の上のピアニスト』（一九九八年）や『題名のない子守唄』（二〇〇六年）、『鑑定士と顔のない依頼人』もこの系列に入る作品だろう。以上、トルナトーレの作品を強引に二つに分けてみたが、どちらにも入れられないのが処女作の『教授と呼ばれた男』だ。すべてがこの出発点の内にあると言えるかもしれないのだが。

『鑑定士と顔のない依頼人』のアイデアは、序文にしたがえば二十年以上も前、つまり監督の処女作の時代からずっと、出口を見いだせないままに存在していた。断片と断片がひとつに結びついてようやく、そして一気に（シナリオに取りかかる前に）書かれた文章なのだ。だがまるで隅々まで計算され尽くした〈短編小説〉のように見える。豊かな伏線、淡淡とした語り口、リアルというよりは幻想的な物語は、結末を知ってなお（映画を見た後にも）再読の楽しみがある。しかしやはり映画とセットにして読むべきだろうか。テクストが生み出すイメージとその映像化を切り離すことは不可能だろう。魅力的な小道具の数々に、あれこれと思いを巡らせる。登場人物の特殊な性格づけ、背景となる美術・骨董・競売の世界、崩れかけた十八世紀の屋敷、秘密の部屋、機械仕掛けの自動人形……。この〈小説〉を読む人の多くが、できれば自分が映画にしたいと思うのではなかろうか。テクストの文体もまさに映像化に向けられており、たとえば人物の動作を追う〈身振りの言語〉が多用されている（一例をあげれば、〈ヴァージルは驚きながら、近づいていき、ガラスの扉に手を掛け、なかに足を踏み入れる〉）。最後に二点ばかり触れておこう。ひとつは、キーワードとなるフレーズ、〈どんな贋作にも必ずどこか真実が秘められている〉である。フィクション・嘘のなかにどのような真実があるのだろうか。これは本物と偽物の区別を問い直す物語でもあるわけだ。もうひとつは、予想された急展開のどんでん返しの後につづく、最後のシーンである。諦めと不可能な希望とが交錯する、晴れやかな予感と静かな明るさに包まれたシーンは、まさに最高のエンディングとなった。

追記として、映画『鑑定士と顔のない依頼人』は、二〇一三年度のダヴィド・ディ・ドナテッロおよびナストロ・ダルジェントのコンクールにおいて、最優秀映画賞その他を受賞した。要するに二〇一三年度のイタリアで最も高い評価を受けた映画である。

翻訳には以下の友人のお世話になった。かけがえのない助言者の中山エツコさん、刺激的な対話者の広川直幸さん、南部史さん、村本正子さん、そして、変則的な本書の翻訳企画（リスク）を引き受け、オーガナイズしてくださった人文書院編集部の松岡隆浩さん。ありがとうございました。

二〇一三年八月二九日　京都

柱本　元彦

著者略歴

Giuseppe Tornatore（ジュゼッペ・トルナトーレ）

1956年イタリア・シチリア島生まれ。映画監督。主な監督作品に、『教授と呼ばれた男』(1986)、『ニュー・シネマ・パラダイス』(1989)、『みんな元気』(1990)、『明日を夢見て』(1995)、『海の上のピアニスト』(1999)、『マレーナ』(2000)、『題名のない子守唄』(2006)、『マルチェロ・マストロヤンニ　甘い追憶』(2006)、『シチリア！シチリア！』(2009)、『鑑定士と顔のない依頼人』(2012) など。本作は初の小説作品となる。

訳者略歴

柱本元彦（はしらもと・もとひこ）

1961年大阪生まれ。京都大学大学院文学研究科博士後期課程単位取得退学。ナポリ東洋大学講師などを経て、現在は大学非常勤講師、翻訳家。訳書にフェッリーニ『魂のジュリエッタ』(青土社、1994)、ランドルフィ『カフカの父親』(共訳、国書刊行会、1996)、ロンギ『イタリア絵画史』(共訳、筑摩書房、1997)、カッチャーリ『必要なる天使』(人文書院、2002)、エーコ『カントとカモノハシ』(共訳、岩波書店、2003)、レオパルディ『レオパルディ　カンティ』(共訳、名古屋大学出版会、2006)、ヴィルノ『ポストフォーディズムの資本主義』(人文書院、2008)、トラヴェルソ『全体主義』(平凡社、2010)、マラッツィ『資本と言語』(人文書院、2010) など。

Printed in Japan
ISBN978-4-409-13035-3 C0097

鑑定士と顔のない依頼人

二〇一三年一二月一日　初版第一刷印刷
二〇一三年一二月一〇日　初版第一刷発行

著　者　ジュゼッペ・トルナトーレ
訳　者　柱本元彦
発行者　渡辺博史
発行所　人文書院
〒六一二-八四四七
京都市伏見区竹田西内畑町九
電話〇七五・六〇三・一三四四
振替〇一〇〇〇-八-一一〇三
印刷所　創栄図書印刷株式会社
製本所　坂井製本所
装　丁　上野かおる